RÉPERTOIRE
DRAMATIQUE
DES AUTEURS CONTEMPORAINS.

N. 137.

Théâtr. le l'Opéra-Comique.

LA REINE JEANNE,

OPÉRA-COMIQUE EN TROIS ACTES.

60 CENTIMES.

PARIS,

HENRIOT ET Cie, ÉDITEURS, RUE D'ENGHIEN, No 10,

CH. TRESSE, SUCCESSEUR DE J.-N. BARBA, LIBRAIRE,

Au Palais-Royal, galerie de Chartres.

1840.

LA REINE JEANNE,

OPÉRA-COMIQUE EN TROIS ACTES,

PAR MM. DE LEUVEN ET BRUNSWICK,

MUSIQUE DE MM. HYP. MONPOU ET LUIGI BORDÈSE.

Représenté pour la première fois, sur le théâtre royal de l'Opéra-Comique, le [illegible] octobre 1840.

DISTRIBUTION:

LE PRINCE DURAZZO..........	M. GRIGNON.
LILLO, hôtelier..........	M. MOCKER.
LE PRINCE DE TARENTE (au 2me acte, sous le nom de LORENZO.)	M. BOTELLI.
JEANNE, reine de Naples (au 2me acte, sous le nom de TERESA)...	Mme E. GARCIA.
PEPA, cousine de Lillo et servante dans l'hôtellerie..........	Mlle DARCIER.
PIETRO, armurier..........	M. DAUDÉ.
LE MARQUIS D'URBINO, écuyer de la Reine..........	M. FANOT.
SEIGNEURS, SOLDATS, PEUPLE.	

La scène se passe en 1347. Le premier acte, au château d'Aversa, près de Naples, les deux autres à Naples.

ACTE I.

Une salle d'armes du château d'Aversa. Au fond, une galerie vers le milieu de laquelle est une statue de Madone; à droite, une fenêtre avec un grand balcon. A côté de la fenêtre, une petite porte secrète; à gauche, une grande porte.

SCÈNE I.

DURAZZO, puis LILLO.

LILLO, sous le balcon.

Je suis un cœur fidèle...
Point de soupçons jaloux,
Je viens, dans ma nacelle,
A notre rendez-vous!..
La, la, la, la!

DURAZZO, avec joie.

Ah! voilà le signal ordinaire entre nous!
(Il va ouvrir la porte secrète, Lillo paraît couvert d'un manteau.)

ENSEMBLE.

Du silence, du silence!
Le mystère, la prudence!
Doivent, de nos projets.
Assurer le succès.
(A ce moment, une musique religieuse se fait entendre.)

LILLO.

Qu'est-ce donc, Monseigneur?

DURAZZO.

Des pèlerins qui viennent implorer Notre-Dame-d'Aversa!..

LILLO.

Et à qui, selon l'usage, on accorde l'hospitalité dans ce château...

DURAZZO.

Ainsi, Lillo...

LILLO.

Pardon, Monseigneur... mais, avant tout, laissez-moi prier avec ces saintes personnes, ça me portera bonheur...

SCÈNE II.

LES MÊMES, PÈLERINS et PÈLERINES, traversant le théâtre, dans la galerie du fond.

CHŒUR DES PÈLERINS.

A la sainte madone,
Qu'on vénère en ces lieux,
Qui protége et pardonne,
Allons offrir nos vœux!
(Ils s'agenouillent devant la madone.)
Qu'en ce jour elle entende,
Nos chants religieux,
Et que sur nous descende,
Un doux rayon des cieux!

LILLO, agenouillé.

Ah! je vous en supplie!
Que, dans votre ferveur,
Votre sainte voix prie,
Pour un pauvre pécheur!

REPRISE DU CHŒUR.

A la sainte madone, etc.

(Sur la fin du chœur, les pèlerins disparaissent par la droite. Lillo se relève et redescend en scène près de Durazzo.)

SCÈNE III.

DURAZZO, LILLO.

DURAZZO, à Lillo.

Maintenant, parlons d'affaires!..

LILLO.

D'abord, vous le voyez, Monseigneur, je suis fidèle au rendez-vous!..

DURAZZO.

Et personne ne se doute?..

LILLO.

Personne, Monseigneur... d'ailleurs, qui pourrait penser que, moi, Lillo simple hôtelier de Naples, j'ai depuis quelque temps, l'honneur de venir, tous les matins, au château d'Aversa, causer avec le prince Durazzo...

DURAZZO.

Mais, que dit-on, que fait-on à Naples?..

LILLO.

A Naples?.. ça continue à bien aller... tout est sens dessus dessous... Depuis un mois que notre roi André est mort, et que le peuple a chassé de la ville le duc de Capello, qui gouvernait au nom de la reine Jeanne, absente, Naples est un vrai paradis... on boit, on chante... on va piller le palais de celui-ci... brûler la maison de celui-là... plus de travail... plus d'impôts!.. chacun commande, chacun est roi! voilà ce que j'appelle un gouvernement...

DURAZZO, avec joie.

Ainsi, Lillo, la reine Jeanne n'a pas de partisans dans Naples?..

LILLO.

Des partisans? pourquoi ça?.. Est-ce que nous la connaissons, nous autres?.. nous ne l'avons jamais vue... du vivant de son mari, le roi André, Jeanne habitait ce château d'Aversa, ne venait jamais à Naples... depuis un an, elle est partie pour ses états de Provence... depuis un an, elle habite sa bonne ville d'Avignon... ayant tout l'air de nous oublier, de nous dédaigner... Aussi, lorsqu'après la mort du Roi, j'ai cherché à détruire l'autorité de la reine Jeanne, à soulever le peuple contre elle... je n'ai pas eu grand peine, je vous assure!..

DURAZZO.

Je vois que nous n'éprouverons pas d'obstacles, et que le trône...

LILLO.

Je l'espère! car j'exerce maintenant une influence extraordinaire à Naples... oui, c'est au point que l'on m'appelle le roi des lazzaroni... et, par saint Janvier! cela se conçoit... grace à l'or que vous m'avez donné à pleines mains, je verse gratis mon vin de Lacryma-Christi... aussi, mes pratiques sont innombrables... gens du port, corps des métiers, je vous réponds de ceux-là!.. ils me sont tous dévoués... car ils ont toujours soif... ils crieront ce que je voudrai!..

DURAZZO, avec joie.

Tu crois?..

LILLO.

J'en réponds!.. tenez, Monseigneur, vous avez bien fait de choisir l'hôtelier Lillo, pour votre instrument!..

DURAZZO.

Je le sais! depuis long-temps, je connaissais ton adresse, et surtout ton ambition; compte sur ma reconnaissance!..

LILLO.

Ah oui! parlons-en, Monseigneur... c'est important! que ferez-vous pour moi?..

DURAZZO.

Peux-tu le demander, Lillo... mes bienfaits...

LILLO.

De l'or! je n'en ai pas besoin... je suis riche, si riche, que les plus jolies filles de Naples, ont demandé ma main... mais je l'ai promise à ma cousine Pepa!..

DURAZZO.

Que veux-tu donc?

LILLO, après un moment d'hésitation.

Ce que je veux? Eh bien! Monseigneur, vous l'avez dit, je suis ambitieux! dès mon plus jeune âge, moi, pauvre enfant du peuple, quand je voyais ces nobles seigneurs, si beaux, si brillans, ayant le droit de tout dire, de tout faire, je m'écriais : « Pourquoi ne suis-je pas comme eux? » Maintenant, je suis homme... me voilà riche... eh bien! je ne suis pas content... l'envie me tient toujours là, au cœur... quand je vois un pourpoint doré, je souffre.... et mon habit, fût-il du drap le plus fin, me parait grossier et misérable...

DURAZZO.

Que veux-tu donc, alors?..

LILLO.

Monseigneur, quand vous serez roi, un morceau de parchemin, votre nom au bas, et je serai noble, enfin... marquis!..

DURAZZO.

Toi, Lillo?..

LILLO.

Pourquoi pas?.. vous êtes prince, et vous voulez être Roi!.. Je suis hôtelier, je veux être marquis... les proportions sont gardées...

DURAZZO.

Allons, tu seras satisfait!..

LILLO, avec importance.

J'y compte, Monseigneur...

DURAZZO.

Mais voici le jour; écoute: As-tu fait ce que je t'ai dit?.. tes amis...

LILLO.

Les plus sûrs, les plus dévoués, je les ai amenés avec moi... ils sont ici près, au village d'Aversa...

DURAZZO.

Bien!..

LILLO.

Ah ça! mais, en chemin, ils m'ont demandé pourquoi je les faisais sortir, si matin, de Naples; je ne pouvais répondre à leurs questions, car moi-même, j'ignore...

DURAZZO.

Dans ce château, qui tient encore pour la reine Jeanne, se sont réunis tous les nobles qui ont fui Naples et ses environs... je leur ai dit que le pouvoir de la Reine était à jamais détruit... que le peuple songeait à se choisir un maître... aujourd'hui même, je leur annoncerai que les Napolitains ont jeté les yeux sur moi!..

LILLO.

Et si ces nobles en doutaient, Monseigneur?

DURAZZO.

J'ai tout prévu; tu seras ici avec tes amis, pour les en convaincre...

LILLO.

Je comprends!.. une bonne manifestation populaire...

DURAZZO.

Aucun de ces seigneurs n'est attaché à la Reine, et en flattant leur ambition, tous s'inclineront facilement devant l'élu du peuple...

SCÈNE IV.

LES MÊMES, UN HUISSIER.

L'HUISSIER, annonçant.

Le prince de Tarente!..

DURAZZO, à part.

Tarente! comment se fait-il?.. (Haut, à Lillo, en lui faisant signe de se retirer.) Lillo...

LILLO.

C'est juste, Monseigneur... il ne faut pas qu'on nous voie ensemble... je sors et j'attendrai vos ordres...

(Il salue Durazzo et sort par la droite.)

SCÈNE V.

DURAZZO, TARENTE, entrant par le fond.

DURAZZO, courant à Tarente.

Que vois-je! comment, vous ici, prince de Tarente? les habitans de Palerme auraient-ils brisé les portes de la prison d'état, où vous gémissiez depuis cinq ans?..

TARENTE.

Non, Durazzo, non... les Siciliens, en apprenant la révolte de Naples, n'ont pas cherché à se soulever... Mais le gouverneur, jugeant que la cause de Jeanne était perdue, est venu lui-même m'annoncer que j'étais libre... et je suis accouru ici...

DURAZZO.

Pour joindre vos efforts aux nôtres, pour aider à renverser un pouvoir qui vous a condamné à une prison perpétuelle... quel arrêt barbare!.. En vain vos amis sollicitèrent le roi André, il resta sourd à nos prières... et lorsque nous voulûmes savoir quel était votre crime, André garda le silence le plus absolu...

TARENTE, à part, avec joie.

Grace au ciel, on ne sait rien!..

DURAZZO.

Et vous-même, vous n'avez jamais appris pourquoi?..

TARENTE.

Non, jamais...

DURAZZO.

Et à toutes vos demandes?..

TARENTE.

On répondait toujours : C'est l'ordre du Roi!..

DURAZZO.

Eh bien! aujourd'hui même, vous serez vengé... Plus votre condamnation fut cruelle... plus votre vengeance doit être éclatante... pour vous, désormais, plus de crainte... plus d'exil! une place près du trône!.. l'amitié du souverain!..

TARENTE, étonné.

Du souverain!

SCÈNE VI.

LES MÊMES, SEIGNEURS.

CHŒUR des Seigneurs, entrant et entourant le prince de Ta[illegible]:

Après un cruel esclavage,
Eh quoi! Tarente est de retour?
Chacun de nous rendait hommage,
A ses talens, à son courage,
Ah! pour nous tous, c'est un beau jour!

TARENTE, leur serrant la main.

Mes amis, je vous remercie,
Quand la révolte, ici, menace votre vie,
Me voici prêt à partager
Vos combats et votre danger!

DURAZZO.

Aucun danger ne nous menace!

TARENTE.

Mais, cependant, le peuple, avec audace,
A méconnu ses devoirs et les lois!

DURAZZO.

Le peuple a proclamé ses droits...
Le peuple est le plus fort... nous devons nous soumettre,
S'il veut choisir un nouveau maître.

LES SEIGNEURS.

Le peuple est le plus fort... nous devons nous soumettre,
Il faut obéir à sa voix!
Celui qu'il choisira pour maître,
Doit aussi fixer notre choix.

DURAZZO.

Eh bien! ce choix est fait... mais celui qu'on désigne
N'accepterait pas cet honneur,
Si par votre concours, vous ne le rendiez digne
De gouverner avec splendeur!
Oui, pour l'aider à sauver la patrie,
Soyez ses guides, ses appuis...
Partagez avec lui, sa voix vous en supplie!
Le fardeau des emplois qui lui seront commis
(A un Seigneur.)
A vous, marquis Stello, soutien de la couronne,
Les pouvoirs de haut justicier!
(A un autre.)
A vous, comte Strozzi, que l'estime environne,
Tous les soins de grand trésorier...
Pour vous, Tarente, vous, votre voix souveraine
Doit commander à nos soldats!

SCÈNE VII.

LES MÊMES, JEANNE, en pèlerine, LE MARQUIS D'URBINO, en pèlerin.

JEANNE, écartant son capuchon.

Et que laisserez-vous à la Reine?

TOUS, avec stupeur.

La Reine!

JEANNE.

Mes fidèles amis, vous ne m'attendiez pas?..

AIR.

Ah! je le vois, tout m'abandonne!
En ces lieux, je n'ai plus d'amis!

Déjà, vous brisez ma couronne,
Pour en partager les débris!

Quand je comptais, pour me défendre,
Sur ma noblesse et sa fidélité...
De vous tous, je ne dois attendre
Que bassesse et déloyauté!..

Oui, la trahison m'environne,
En ces lieux, je n'ai plus d'amis,
Déjà, vous brisez ma couronne
Pour en partager les débris!

Mais je suis reine encore!
Point de pardon!
Pour ceux que déshonore
La trahison!
Courbez-vous jusqu'à terre
Avec respect;
Rentrez dans la poussière
A mon aspect.

Oui, quoique faible femme,
De votre indigne trame,
De votre espoir infâme,
Mon cœur triomphera!
Le ciel, dans sa justice,
Au bon droit, est propice!
Contre votre artifice,
Il me protégera!

Car je suis reine encore!
Point de pardon!
Pour ceux que déshonore
La trahison!
Courbez-vous jusqu'à terre
Avec respect!
Rentrez dans la poussière
A mon aspect!

URBINO, aux Seigneurs.

Courbez-vous jusqu'à terre
Avec respect!
Rentrez dans la poussière
A son aspect!

CHŒUR.

Oh! quel regard sévère!
Et quel courroux!
Évitons sa colère,
Retirons-nous!

(Tous sortent par le fond, avec crainte mêlée de respect.)

SCÈNE VIII.

JEANNE, LE MARQUIS D'URBINO.

JEANNE, avec amertume.

Eh bien! marquis d'Urbino, en quittant mes états de Provence, devais-je m'attendre à tant de trahison?..

URBINO.

Hélas! non, Madame!.. A quelques journées de marche d'Aversa, nous apprenons la révolte des Napolitains... mais on nous assure que votre noblesse, toujours fidèle et dévouée, s'est enfermée dans ce château, pour défendre vos droits. Afin de gagner Aversa, sans dangers pour vos jours, vous consentez à prendre ces habits et à vous mêler aux pèlerins qui viennent ici faire leurs dévotions... et, quand vous y croyiez trouver des amis braves et fidèles, vous n'y rencontrez que des lâches et des traîtres.

JEANNE.

Et au milieu de mes ennemis, lui, le prince de Tarente!

URBINO.

C'est un coup terrible pour votre cœur, sans doute... mais dans ce moment, Madame, livrée sans défense à une noblesse qui fait cause commune avec le peuple, l'intérêt de votre sûreté exige que vous songiez...

JEANNE, avec douleur.

Ah! je ne tiens plus à l'existence... celui qui me la faisait aimer, il m'abandonne, il me trahit!.. l'ami de mon enfance, lui qui disait me chérir comme une sœur, et que je croyais n'aimer que comme un frère...

URBINO.

Cet amour, qui a toujours été un secret pour tous... que le prince de Tarente n'a jamais connu... oubliez-le, Madame!

JEANNE.

L'oublier!.. oui, je le devrais!.. mais cet amour, c'est ma vie!.. Vous avez vu mon désespoir, lorsque j'appris l'arrestation du prince de Tarente... les mains jointes, les yeux remplis de larmes, je me suis jetée aux pieds du Roi, j'ai demandé sa grace... non pour devenir une épouse coupable, mais pour sauver celui que j'aimais tant!..

URBINO.

Et vos prières, vos sanglots, que le Roi attribuait à la seule amitié, n'ont pu le fléchir... il nous laissa même toujours ignorer la cause de sa colère... Les jours se passaient et sa rigueur ne se démentait pas... C'est alors, Madame, que, voyant votre douleur, je vous conseillai de quitter l'Italie pour vos états de Provence... j'espérais que l'éloignement, vos devoirs de Reine vous feraient oublier cet amour... Quelle était mon erreur!.. A la nouvelle de la mort du Roi, vous êtes accourue ici, moins pour régner seule, que pour partager le trône avec celui qui conspire aujourd'hui contre vous... Madame, penser encore à cet amour, ne rien tenter pour assurer les jours de Votre Majesté... pardonnez-moi, mais ce serait...

JEANNE, comme revenant à elle.

Une faiblesse... vous avez raison, il faut me rendre à moi-même... D'ailleurs, le prince de Tarente, je ne l'aime plus... il est temps de me rappeler que je suis reine, que j'ai une couronne à défendre... Marquis d'Urbino, dans un instant, nous partirons pour Naples.

URBINO.

Y pensez-vous, Madame? mais votre présence, au lieu de calmer la révolte, ne ferait que la rallumer!.. C'est vouloir courir à une perte certaine!.. Qui pourrait vous défendre? vous êtes seule, sans partisans!.. Ce peuple, vous le savez, Madame, on ne lui a jamais appris à vous connaître, à vous aimer... Du vivant de votre époux, on a su vous tenir sans cesse éloignée de Naples... le bien que vous avez pu faire, on laissait ignorer qu'il venait de vous... le mal, on en chargeait votre nom!

JEANNE, avec amertume.

C'est vrai!

URBINO.

Réfléchissez, Madame!.. Votre voix resterait impuissante sur ce peuple que vos ennemis ont abusé, sur ce peuple qui n'a jamais pu apprécier toute la grandeur et la bonté de votre âme... et à qui vos traits même sont étrangers... Croyez-moi, Madame, il vaut mieux retourner en Provence et attendre...

JEANNE.

Attendre!.. laisser la trahison se consommer! non pas! (Se disposant à sortir.) A Naples, marquis d'Urbino! à Naples!..

(Elle se dirige vers le fond, précédée par Urbino. On aperçoit des sentinelles postées à l'extérieur et qui s'opposent à leur passage.)

URBINO.

Que vois-je? des soldats!..

JEANNE.

Serais-je prisonnière?.. Qui donc a osé?..

SCÈNE IX.

LES MÊMES, TARENTE, tenant un papier à la main, DURAZZO.

DURAZZO.

Moi, Madame! prévoyant les dangers que courrait Votre Majesté en s'éloignant de ce château, j'ai dû songer à la sûreté d'une existence qui nous est si précieuse... A Naples, vous, Madame, mais ce serait vous perdre!.. Vos sujets sont maintenant livrés à eux-mêmes, et pour les faire rentrer dans le devoir, il faut une main ferme et puissante... celle d'une femme...

JEANNE.

Songerait-on à m'ôter la couronne?

DURAZZO.

Votre noblesse vient de délibérer, Madame... elle pense que Votre Majesté, éclairée sur les dangers qui nous menacent et pour éviter de grands malheurs, n'hésitera pas à...

JEANNE.

Parlez, Messieurs... Prisonnière, je suis forcée de vous entendre... (Sur un signe de Durazzo, Tarente s'approche lentement de Jeanne et lui présente le papier qu'il tient à la main.—Jetant les yeux sur le papier.) Qu'ai-je vu?.. une abdication!.. (A part, montrant Tarente.) Et c'est lui qui vient! lui!..

DURAZZO.

Que décidez-vous, Madame?

JEANNE.

Le trône, par la trahison, vous pourrez me le ravir!.. mais l'abandonner de moi-même... jamais!.. (A part, après avoir jeté un regard rapide sur Tarente.) Que je souffre, mon Dieu! que je souffre!.. (Haut.) Suivez-moi, marquis d'Urbino!..

(Elle sort précipitamment par la porte de gauche; Urbino la suit.)

SCÈNE X.

DURAZZO, TARENTE.

DURAZZO, avec colère.

Elle refuse!.. mais nous saurons la contraindre... Il faut que ce soir le trône soit libre!.. (A part.) Allons trouver Lillo... oui, c'est maintenant le seul moyen d'arriver à mon but!

(Il sort vivement par le fond.)

SCÈNE XI.

TARENTE, seul.

FINAL.

RÉCITATIF.

Qu'entends-je! quel projet! ah! mon cœur a frémi!
Contre elle, hélas! tout conspire aujourd'hui!

CANTABILE.

En cet instant, pour notre Reine,
Ciel! je t'implore... entends mes vœux!
Protége ici ma souveraine,
Et sauve-la d'un sort affreux!
Pour l'arracher à leur furie,
Inspire-moi! sois mon recours!
Puissé-je, enfin, donner ma vie
Pour conserver ses nobles jours!
Mais, lorsqu'elle me croit à sa cause infidèle,
Comment l'assurer de ma foi?
Comment arriver auprès d'elle?
On vient! ô bonheur! je la voi!

SCÈNE XII.

TARENTE, JEANNE.

DUO.

TARENTE, courant à Jeanne.

Madame, écoutez-moi, de grace!

JEANNE, avec indignation.

Oser reparaître à mes yeux!

TARENTE.

Un affreux danger vous menace,
Il faut sauver vos jours si précieux!

JEANNE.

De vous, quel secours puis-je attendre?
Hélas! je n'ai pas un ami,
Pas un seul bras pour me défendre;
Ah! tout mon espoir est trahi!

TARENTE, avec élan.

Madame, il vous reste un ami!

JEANNE, avec indignation.

Quand je vous trouve au milieu des perfides
Se disputant, dans leurs désirs avides,
Les lambeaux de la royauté,
Vous voulez que je croie à votre loyauté!

TARENTE.

En moi seul, ayez confiance!

JEANNE.

Jamais! jamais!

TARENTE.

C'est pour sauver votre existence,
Qu'en ces lieux, hélas! je parais!
De ces lâches seigneurs approuver les projets!

JEANNE.

Non, c'est un mauvais piége!

TARENTE.

Que mon bras vous protége!

JEANNE.

Jamais! jamais!

TARENTE.

Eh bien! puisqu'il le faut, Madame,
Puisque vous doutez de ma foi...
Connaissez donc, enfin, le secret de mon âme,
Il devait mourir avec moi!

JEANNE.

Expliquez-vous!

TARENTE.

Écoutez-moi!
On donnait à la cour une enivrante fête,
Où vous animiez tout d'un regard enchanteur,
Du bouquet qui parait votre royale tête,
S'échappa tout-à-coup la plus brillante fleur;
Un homme, un insensé... d'une main téméraire,
Osa s'en emparer, dans une folle ardeur...
Il osa plus encore... et cette fleur si chère
Reposa bientôt sur son cœur,
Ivre de joie et de bonheur!

JEANNE, avec émotion.

Achevez!

TARENTE.

Le Roi, par malheur,
Avait tout vu!

JEANNE, vivement.

Mais cet homme?..

TARENTE.

Madame,
Long-temps il a souffert dans la captivité
Sans se plaindre du sort... pour consoler son âme,
Cette fleur, cette fleur ne l'a jamais quitté!

(Il tombe à genoux et montre à Jeanne une fleur qu'il a tirée de son sein.)

JEANNE, avec exaltation.

Vous! vous! il se pourrait! ah! que viens-je d'entendre!

TARENTE.

Ah! Madame! pardon pour moi!

JEANNE.

Un amour si discret... un sentiment si tendre!..
Et j'osais douter de sa foi!

(Avec délire.)

Il m'aimait! il m'aimait! ô moment plein de charmes!
Il m'aimait! il m'aimait! maintenant plus d'alarmes!
Doux espoir! à mes yeux le bonheur reparaît!

TARENTE, avec transport.

Qu'entends-je! un tel aveu... ne m'abusé je pas?
Ah! si je me trompais, mieux vaudrait le trépas!

JEANNE.

Quand vous avez pour moi souffert tant de malheur,
Dois-je encor vous cacher le secret de mon cœur!

ENSEMBLE.

JEANNE.

Quel moment plein de charmes!
Maintenant, plus d'alarmes,
De soupirs, de regret!..
Oui, du ciel la clémence
A fini ma souffrance,
Il m'aimait! il m'aimait!..

TARENTE.

Quel moment plein de charmes,
Maintenant, plus d'alarmes,
De soupirs, de regrets...
Oui, du ciel la clémence
A fini ma souffrance,
Au bonheur je renais!

(On entend une vive rumeur et les cris du peuple au dehors.)

SCÈNE XIII.

LES MÊMES, DURAZZO, URBINO, SEIGNEURS, accourant avec terreur.

CHŒUR.

Tout le peuple en furie,
Vient jusques en ces lieux
Menacer votre vie,
Par des cris odieux.

DURAZZO, à Jeanne.

Le peuple, à l'instant, vient d'apprendre
Votre retour en ce château,
Comment faire pour vous défendre!

TARENTE, à part.

Je frémis! quel péril nouveau!

CRIS, au dehors.

Mort à la Reine!
Mort à la Reine!

JEANNE, écoutant

Quelle terreur soudaine

CRIS, au dehors.

Mort à la Reine!

JEANNE, id. avec.

Mort à la Reine!

DURAZZO.

Ils vont envahir ce château,
Sans soldats, sans défense
Contre un peuple en démence,
Dans un si grand danger
Comment vous protéger?

CRIS, au dehors.

Mort à la Reine!

JEANNE, avec désespoir.

Mais mon Dieu! pourquoi tant de haine!
Que faire, hélas! que devenir?

DURAZZO.

A l'instant, Madame, il faut fuir!

JEANNE.

Fuir! mais c'est une honte!

TARENTE.

Ah! Madame, de grace,
Quand la mort vous menace,
Consentez à partir!

CRIS, au dehors.

Mort à la Reine!

JEANNE.

Quoi! tant de haine!..
Il faut partir!

DURAZZO, désignant une sortie du château.

De ce côté, vous pourrez fuir, je pense...
Madame, de votre existence,
Une escorte nous répondra,
J'ai fait choix de celui qui la commandera!

TARENTE, à part.

Elle est perdue! ô ciel!

DURAZZO, à Tarente.

Prince, à votre vaillance,
Je confie, aujourd'hui, des jours bien précieux,

TARENTE, avec joie.

J'accepte cet honneur, et soyez sûr d'avance
Que je saurai remplir vos vœux.

DURAZZO, bas, et rapidement à Tarente.

Au couvent de Sainte Marie,
Dans l'île de Capri, ce soir, conduisez-la...
Ma sœur en est l'abbesse... et, je le certifie,
Jamais, Jeanne, n'en sortira!

TARENTE, regardant Jeanne.

On peut se fier à mon zèle,

Et je le jure ici, devant Dieu qui m'entend,
Mon cœur sera toujours fidèle,
A son devoir, à son serment!

NOUVEAUX CRIS, au dehors.

Mort à la Reine!
Mort à la Reine!

(Des pierres sont lancées dans les vitraux du château.)

ENSEMBLE.

DURAZZO et LES SEIGNEURS.

Il faut fuir, hâtez-vous,
De ce peuple en furie,
Évitez le courroux!
Pour sauver votre vie,
Il faut fuir! hâtez-vous!
De ce peuple en furie,
Évitez le courroux!

TARENTE, JEANNE et CRBINO.

Il faut fuir! hâtons-nous,
De ce peuple en furie,
Évitons le courroux!
Pour sauver notre vie,
Il faut fuir! hâtons-nous!
De ce peuple en furie,
Évitons le courroux!

CRIS, au dehors.

Mort à la Reine!
Mort à la Reine!

(Mouvement général pour départ; [illegible] au dehors.)

FIN DU PREMIER ACTE.

ACTE II.

Une place de Naples. A gauche, l'hôtellerie de Lillo.

SCÈNE I.

LILLO, PEPA.

LILLO, arrivant par le fond et frappant à la porte de l'hôtellerie.

Eh! Pepa!.. ma cousine... allons! ouvre donc!..

PEPA, paraissant.

Ah! mon Dieu! quel tapage!.. est-ce que le feu est à la chapelle de saint Janvier?..

LILLO.

Non... mais il faut qu'il s'allume à tes fourneaux... les chalands vont arriver!..

PEPA.

Qu'est-ce qu'on leur donnera, à vos chalands? vous savez bien que nous n'avons rien ici... les provisions n'arrivent pas à Naples, puisque, depuis quinze jours, les portes de la ville sont fermées...

LILLO.

[illegible] juste!.. mais on les a rouvertes ce matin... ainsi, Pepa...

PEPA.

C'était bien la peine de nous laisser manquer de tout! bon Dieu! quelle consigne sévère!.. âme qui vive ne pouvait entrer ni sortir!..

LILLO.

Écoute donc... c'était urgent!.. il y a quinze jours, on apprend que la Reine était au château d'Aversa... là-dessus, on devait craindre qu'elle ne tentât un coup de main... qu'elle ne se mît à la tête d'une partie de sa noblesse pour rentrer dans Naples; et Dieu sait ce qui serait arrivé!.. ce qu'il y avait de plus simple à faire, c'était de nous barricader et de fermer les portes... c'est ce qu'on a fait!..

PEPA.

Et maintenant vous n'avez donc plus peur?..

LILLO.

Sans doute!.. Jeanne, accompagnée du prince de Tarente, se rendait au couvent de Sainte-Marie, dans l'île de Capri... soit mauvais temps, soit maladresse du patron, la barque qu'ils montaient a chaviré, et la mer l'a rejetée sur le rivage... on a même retrouvé le manteau et le voile de la Reine...

PEPA.

Vraiment?..

LILLO.

Jeanne, le prince de Tarente et le batelier ont péri tous les trois... Dieu veuille avoir leurs âmes!..

PEPA.

Est-il possible?.. et vous êtes bien sûr?..

LILLO.

Certainement!.. mais il ne s'agit pas de cela... va t'occuper de ton ouvrage, et cours au marché voisin... les affaires publiques, ça ne regarde pas les femmes!..

PEPA.

Ça ne devrait pas non plus regarder les hôteliers... depuis quelque temps, vous ne faites que des sottises...

LILLO.

Pepa!..

PEPA.

Donner à boire à tout le monde, gratis!.. Joli moyen de faire une bonne maison!

LILLO, avec importance.

Retournez à vos fourneaux, ma chère amie... et laissez-moi songer aux intérêts de ma patrie...

PEPA.

Votre patrie... c'est votre auberge... et vous allez me faire le plaisir de m'y suivre!..

LILLO.

Du tout!.. je reste ici!..

PEPA.

Oh! sans doute!.. vous allez vous planter là comme la flèche de St-Boniface, votre patron... et pour guetter je sais bien qui...

LILLO.

Vous ne savez ce que vous dites, Pepa!..

PEPA.

Pour guetter cette petite diseuse de bonne aventure, qui, à l'heure du marché, vient s'établir là, sur cette place... une coquette... qui vous fait les yeux doux... mais comme à tous les autres, du reste... ah! vous n'êtes pas privilégié...

LILLO.

Moi! je pense bien à Teresa!.. par exemple!

PEPA.

Oui, oui, vous y pensez.. vous la recherchez sans cesse, ainsi que son frère l'improvisateur, vous les logez chez nous!.. des gens que vous ne connaissez que depuis quinze jours!..

LILLO.

Dame! leur société me plait... quoique nous n'ayons pas les mêmes opinions!..

PEPA.

Fréquenter une diseuse de bonne aventure et un improvisateur de carrefour!.. un homme établi... fi! fi! Monsieur!..

LILLO.

Ils sont pauvres, c'est possible! mais ils ont un esprit, une éloquence!... enfin, quand ils viennent là, sur cette place, c'est à qui les écoutera... on se presse, on se bouscule pour arriver jusqu'à eux!

PEPA.

Tenez, voulez-vous que je vous le dise?.. le frère et la sœur vous ont ensorcelé. Vous êtes si faible de caractère, si crédule... Ils profitent de cela, et avec leurs prédictions...

LILLO, avec superstition.

Ah! quant à ça, ne badinons pas!.. Ces gens-là, vois-tu, ça sait beaucoup et ça voit dans l'avenir.

PEPA.

Eh bien! moi, je vois une chose dans l'avenir... c'est que je mettrai bon ordre à tout cela, une fois que je serai votre femme.

LILLO.

Ma femme... ma femme...

PEPA.

Est-ce que ça n'est pas convenu?.. ne l'avez-vous pas cent fois promis devant mon parrain Pietro?

LILLO.

Si, si, Pepa!

PEPA.

Alors, pourquoi tant tarder? Mon Dieu! c'est si simple de vous engager : vous me donnez votre anneau, je vous offre le mien... tous deux, nous étendons la main vers la chapelle de saint Janvier.

LILLO, l'interrompant.

Eh mais! nous serions mariés, alors... tout-à-fait mariés... plus moyen de s'en dédire!

PEPA.

Sans doute! Est-ce que, par hasard?..

LILLO.

Non, non... mais, vois-tu, Pepa, en ce moment l'ambition me travaille... je ne pense qu'à m'élever.

PEPA.

Qu'à vous élever!.. (Riant.) Ah! ah! ah! pauvre cousin! Je vois ce que c'est... vous n'êtes pas encore bien éveillé, vous dormez tout de bout. (Riant.)

DUETTO.

Ah! ah! ah! ah! c'est un beau rêve,
Mon cousin, que vous faites là!
Mais je doute fort qu'il s'achève.

LILLO.

J'en réponds... il s'achèvera.
Il faut, il faut que je m'élève!
Je veux monter, et promptement!

PEPA, riant.

Cousin, cousin, quand on s'élève,
On doit craindre les coups de vent;
Prenez bien garde aux coups de vent.
Allons, allons, soyez plus sage;
Vivez heureux dans votre état.

LILLO.

Végéter, au dernier étage,
Quand je puis vivre avec éclat!

PEPA.

Le repos, dans un bon ménage,
Croyez-moi, vaut mieux que l'éclat.

LILLO.

Non, je veux vivre avec éclat!
Assez long-temps, de la noblesse,
J'ai souffert les airs protecteurs;
Il faut, il faut à ma jeunesse,
Et des titres et des honneurs!
Quand, de ces grands, le sort nous venge,
Quand, pour nous, la fortune change,
Moi, je veux briller à mon tour,
Oui, briller!.. ne fût-ce qu'un jour!
Un seul jour de puissance,
Pour mon cœur enchanté,
Vaut toute une existence
D'obscurité!

PEPA, riant.

Ah! ah! ah! ah! c'est un beau rêve,
Mon cousin, que vous faites là!
Mais je doute fort qu'il s'achève,
Et de vous l'on se moquera.

LILLO.

Non, non, non... ce n'est pas un rêve!
En vérité, je le sens là,
Il faut, il faut que je m'élève,
Et mon espoir s'accomplira!

(Pepa sort en riant.)

SCÈNE II.

LILLO; puis DURAZZO.

LILLO, seul.

Oui, oui, vous aurez beau dire, je veux devenir quelque chose... maintenant que nous sommes tous égaux, je veux être plus que les autres!

DURAZZO, en habit de marchand et frappant sur l'épaule de Lillo.

Lillo!..

LILLO.

Comment! vous, Monseigneur, à Naples!..

DURAZZO.

J'étais d'une impatience... Voilà quinze jours que je ne t'ai vu!

LILLO.

Il me tardait aussi de causer de nos affaires... mais, que voulez-vous?.. personne ne pouvait sortir de la ville... Tenez, hier encore, j'ai voulu forcer la consigne; Pietro, l'armurier, a croisé sur moi sa hallebarde... et, pourtant, je ne suis pas suspect!

DURAZZO.

Mais, à présent, grace au ciel, nous pouvons nous concerter. Tu sais que la Reine...

LILLO.

Oui, oui... le hasard nous a merveilleusement servis.

DURAZZO.

Dis moi, es-tu toujours sûr de tes hommes?

LILLO, d'un air de doute.

Eh! eh!..

DURAZZO, inquiet.

Que veux-tu dire?.. craindrais-tu?..

LILLO.

Pas précisément; mais ces diables de quinze jours nous ont fait du tort: on a eu le temps de se remuer, de se consulter, de réfléchir... et puis, il y a un nommé Lorenzi, un improvisateur très aimé du peuple, un brave garçon... Mais il n'est pas des nôtres, et ses discours...

DURAZZO.

Il fallait le gagner à notre cause!

LILLO.

C'est ce que j'ai déjà tenté, sans pouvoir réussir encore; mais j'ai un projet, et je puis vous répondre de l'attacher, aujourd'hui même, à notre parti.

DURAZZO.

Nous avons trop tardé, il faut agir... quand l'angelus sonnera, trouve-toi avec tes amis dans les jardins du palais... j'y serai... de là, nous nous rendrons sur la grande place... aujourd'hui, réussir ou succomber!..

LILLO.

Succomber? par exemple! nous vous porterons en triomphe au château royal... ce soir, vous serez roi et moi je serai duc!

DURAZZO.

Marquis, tu veux dire?

LILLO.

Je le suis depuis quinze jours... Allons, Monseigneur, ne marchandez pas avec le dévouement!

(En ce moment, on voit des marchands et des gens du peuple traverser le théâtre.)

DURAZZO.

On vient! je pourrais être reconnu... suis-moi... (Ils sortent.)

SCÈNE III.

MARCHANDS ET MARCHANDES, ACHETEURS, GENS DU PEUPLE.

CHŒUR.

A vendre que chacun s'applique!
Pour nous, c'est le plus beau moment!
Bientôt, nous fermerons boutique,
Vite, achetez... voici l'instant.
La marchandise est vraiment belle,
Chalands, videz votre escarcelle,
Nous donnons tout au prix coûtant.

UN HOMME DU PEUPLE.

Mais voilà
Teresa,
La gentille sorcière,
Et Lorenzi, son frère,
Notre improvisateur.

TOUS.

Nous aimons de tout cœur
Et le frère et la sœur,
A leur talent rendons honneur!

SCÈNE IV.

LES MÊMES, JEANNE, TARENTE, en costumes populaires.

(Tout le monde les entoure.)

PREMIER COUPLET.

JEANNE.

C'est Teresa, la sorcière,
Du destin, l'avant-courrière,
Familière!
La, la, la, la,
Jeune fille,
Si gentille,
Au cœur aimant,
Tendre et constant!
Ici, d'avance,
Ma science
Vous promet
Mari parfait!
Mais cette femme,
Au cœur méchant,
Qui gronde et blâme,
A chaque instant,
Quel est le destin qui l'attend?
La, la, la, la,
C'est Teresa
Qui sait cela!
Et Teresa
Vous le dira!

CHŒUR.

C'est Teresa la sorcière,
Du destin l'avant-courrière
Familière!

JEANNE.

DEUXIÈME COUPLET.

Un mari tendre,
Doit comprendre,
Que du soupçon
Naît trahison!
Aussi, d'avance,
Ma science
Lui promet
Bonheur complet!
Mais faut-il dire,
Au vieux jaloux,
Pour son délire
Et son courroux,
Quel accident
Bientôt l'attend?
La, la, la, la,
C'est Teresa,
Qui sait cela!
Et Teresa
Vous l'apprendra!

TOUS, à Jeanne.

Puisque ton art peut tout connaître,
De Naples, quels sont les destins?
Dis-nous qui doit régner en maître
Sur les braves Napolitains?

LORENZI, avec énergie.

Mais pourquoi vous donner un maître?
Vous pourriez faire un mauvais choix!
Aux mains d'un perfide, d'un traître,
Vous pourriez remettre vos droits!
Quoi! par un nouvel esclavage

Votre essor serait arrêté !..
Pauvres oiseaux échappés de la cage,
Volez, volez en liberté.

TOUS.

Quoi ! par un nouvel esclavage,
Notre essor serait arrêté !..
Pauvres oiseaux échappés de la cage,
Profitons de la liberté,
Amis, vive la liberté !

(Ils se dispersent [illegible])

SCÈNE V.

TARENTE, JEANNE.

JEANNE, souriant.

Quel tumulte ! quelle exaspération !.. allons ! nos affaires vont bien !..

TARENTE.

Pourtant, lorsque je pense que vous êtes au milieu de vos ennemis !..

JEANNE.

C'est ce qui fait ma sûreté !

TARENTE.

En effet ! vous êtes inconnue à Naples !.. qui pourrait jamais supposer que la Reine fait cause commune avec ses sujets révoltés !

JEANNE.

D'ailleurs, avions-nous le choix ? pour n'être pas inquiétés dans notre fuite il fallait faire croire à notre mort !.. le batelier qui devait nous conduire au couvent de Sainte-Marie consentit à abandonner sa barque... et mon voile jeté sur le rivage devait détourner tous les soupçons... pour gagner les états romains, il fallait traverser Naples... grace à ces habits, nous entrâmes sans difficultés dans la ville...

TARENTE.

Oui... mais impossible d'en sortir !.. les portes venaient de se fermer !..

JEANNE, souriant.

Pour empêcher la Reine d'y pénétrer !

TARENTE.

Au premier moment, je fus effrayé, je l'avoue ; mais, à présent, je remercie le ciel !.. ah ! nous avons habilement profité de notre séjour forcé à Naples... tous les projets, toutes les intrigues de Durazzo nous sont connus !.. Lillo, ambitieux de bas étage, et qui exerce une grande influence sur le peuple, est son agent le plus actif !.. eh bien ! en quinze jours, vous, Madame, par vos prédictions, moi, par mon éloquence, nous avons déjà porté cette atteinte à cette influence ; aujourd'hui les plus chauds partisans de Durazzo sont refroidis... ils hésitent... ils balancent... achevons notre ouvrage... le pouvoir de Durazzo une fois établi, vous ne seriez peut-être pas parvenue à le renverser... continuons à exciter le peuple contre la noblesse... entretenons la révolte... c'est le seul moyen de garder votre couronne...

JEANNE.

L'entreprise est hardie... mais un trône mérite bien que l'on risque sa vie pour le conserver... surtout lorsqu'on veut le partager avec celui qu'on aime... d'ailleurs, vous le savez, tout ce qui est aventureux a toujours su me plaire...

TARENTE.

Pendant que vos sujets se disputent ici vos dépouilles, sans pouvoir, grace à nous, se donner un chef habile, le marquis d'Urbino est parti secrètement pour vos états de Provence, et votre flotte entrera dans Naples avant que les Napolitains se soient mis en mesure d'opposer la moindre résistance... alors, votre juste colère...

JEANNE.

De la colère !.. oh ! non, ils me méconnaissaient... et, si je veux ressaisir le pouvoir, c'est pour les forcer à m'aimer.

TARENTE.

Quelqu'un ! c'est Lillo !

JEANNE.

Vite à notre rôle !

SCÈNE VI.

LES MÊMES, LILLO.

LILLO, à part, regardant Jeanne.

La voilà !.. Dieu ! est-elle gentille !.. décidément Pepa a raison... la sorcière m'a ensorcelé...

TARENTE.

Ah ! c'est toi, Lillo !.. eh bien ! tu ne viens pas donner une poignée de main à tes amis, ce matin ?

JEANNE.

Ah ! M. Lillo est fier, à présent qu'il travaille pour les grands seigneurs !..

LILLO.

Moi ? par exemple !

TARENTE.

Est-ce qu'on ne connait pas tes menées, tes démarches ? est-ce qu'on ne sait pas que tu agis pour le prince Durazzo ?

JEANNE, à Lillo.

Mais, sois tranquille, nous n'avons pas, Dieu merci, renversé le pouvoir de la reine Jeanne pour mettre un grand à sa place !..

TARENTE.

Nous voulons un des nôtres... un maître choisi par le peuple...

JEANNE.

Sans cela, la révolte n'aurait pas le sens commun !

TARENTE.

Voyons, Lillo... réfléchis donc un peu...

LILLO.

J'ai réfléchi... et ce que vous pourriez faire maintenant serait inutile !.. tout est arrêté, tout est bien convenu... quand l'angelus sonnera, Durazzo sera proclamé roi !..

JEANNE, à part.

Ah mon Dieu !..

TARENTE.

Tu crois ça !.. laisse-moi faire !.. je vas joliment contrecarrer tes projets... viens, Teresa...

LILLO, à part.

Les enragés ! ils vont gâter nos affaires ! (Courant après eux.) Voyons, Lorenzi, Teresa... écoutez-moi, et causons comme de vieux amis !.. si je sers Durazzo, c'est parce que c'est un brave homme... et puis, c'est dans notre intérêt à tous les trois!..

TARENTE.

Que veux-tu dire?..

LILLO.

Eh mon Dieu! croyez-vous que je n'aie songé qu'à moi?.. pas du tout, j'ai pensé à mes vrais amis, à vous!..

TARENTE.

A nous?..

LILLO.

Sans doute! si Durazzo arrive au haut de l'échelle, il me tire après lui, et je vous tire après moi!..

TRIO.

Ne formons plus qu'une famille...
C'est un trésor, Lorenzi, que ta sœur...

TARENTE.

Ma sœur, c'est une bonne fille.

LILLO.

Aussi, je l'aime de tout cœur!

JEANNE, jouant l'embarras.

Eh quoi! vraiment, j'ai su te plaire?..

TARENTE, à part.

Nous le tenons!

JEANNE, à part.

Il est à nous!

LILLO, à Jeanne.

Je vous adore et, je l'espère,
Vous m'accepterez pour époux!

TARENTE, à part.

Nous le tenons!

JEANNE, à part.

Il est à nous!

LILLO, à Jeanne.

Ma belle enfant, qu'en dites-vous?..

TARENTE.

Voyons, voyons, causons d'affaires;
Que peux-tu donner à ma sœur?..

LILLO.

J'ai de l'argent, de bonnes terres...

JEANNE, d'un air de mépris.

Rien que cela?

TARENTE, avec ironie.

C'est bien flatteur!

JEANNE et TARENTE, riant.

En vérité! c'est trop d'honneur!

LILLO.

Ce n'est pas tout... à ma richesse,
Je pourrai joindre la noblesse:
Écoutez-moi...

JEANNE et TARENTE.

Explique-toi!

LILLO, avec mystère.

De Durazzo, j'ai la promesse,
Il me donne un titre de brillant;
Il me fait duc, par conséquent,
Mon épouse sera duchesse.

JEANNE, avec ironie.

Rien que cela!

TARENTE, de même.

C'est bien flatteur!

JEANNE et TARENTE, riant.

En vérité! c'est trop d'honneur!

LILLO, stupéfait.

Eh mais! je n'y puis rien comprendre,
Tout cela ne peut vous tenter?

JEANNE.

A bien mieux, j'ai droit de prétendre,
Beaucoup plus haut, je dois monter!

TARENTE.

Notre grand'mère était une habile sorcière...
Je crois la voir encor,
Avec ses blancs cheveux, dont elle était si fière,
Et son bonnet tout d'or!

JEANNE.

Un soir, elle prit ma main dans la sienne,
L'examina,
Puis, la grande magicienne,
S'écria:
« Ah!..
« Pompeuse existence,
« Grandeur et puissance!..
« Voilà dans ta main,
« Leur signe certain,
« Je sais m'y connaître,
« Enfant, je le vois,
« Ton époux doit être
« Un roi! »

LILLO, [illegible]

Un roi!

JEANNE et TARENTE.

Un roi!

LILLO.

Pour mon amour, ah! quel malheur insigne!
Mais la sorcière a peut-être menti...

JEANNE.

Non! dans la main il existe une ligne,
Que je pourrais te faire voir ici...

(Prenant la main de Lillo, et l'examinant.)

Approche... ah! grand Dieu! quel prodige!
Que vois-je là?

LILLO.

Qu'avez-vous, quel vertige?

JEANNE.

Viens, Lorenzi,
Regarde aussi!

TARENTE, regardant.

C'est étonnant!
C'est surprenant!

JEANNE, examinant de nouveau.

Voyons encor;
Quel coup du sort!

LILLO.

Expliquez-vous?

JEANNE.

C'est merveilleux!

LORENZI.

C'est un hasard!

JEANNE.

Miraculeux!

TARENTE.

Étourdissant!

JEANNE.

Prodigieux!

LILLO.

Mais, qu'avez-vous, ici, tous deux?

JEANNE, avec inspiration.

Non, ma science n'est pas vaine...
Cette ligne que j'aperçoi,
M'offre la preuve bien certaine,
Qu'en t'épousant je serai reine,
Car je lis que tu seras roi!

LILLO, dans la plus grande agitation.

Roi!

JEANNE et TARENTE, avec respect.

Roi!

LILLO, en extase.

A peine, à peine je respire!
Que dites-vous? suis-je en délire?

JEANNE.

Lillo! Lillo! reviens à toi!

TARENTE.

Marche à ton but... sois sans effroi!

ENSEMBLE.

JEANNE et TARENTE.

Au plus haut rang, tu dois prétendre,
Voilà, voilà l'arrêt du sort!
Allons, allons, sans plus attendre,
Courage, ami, prends ton essor.
Puisque le ciel, ici, l'ordonne,
Pour ton bonheur sache obéir,
A toi, le sceptre et la couronne,
Étends le bras pour les saisir.

LILLO.

Au plus haut rang, je dois prétendre,
Mais je ne puis y croire encor;
A vos avis, dois-je me rendre,
Est-ce bien là l'ordre du sort?
Ah! malgré moi, mon cœur frissonne,
Se pourrait-il? quel avenir!
Pour moi le sceptre et la couronne,
A cet arrêt dois-je obéir?

LILLO, tout étourdi.

Ah mon Dieu! je n'en reviens pas! comment là, dans ma main, il est écrit... Teresa, regardez donc encore un peu!..

JEANNE, regardant la main de Lillo.

Mais c'est inévitable... grandeurs! puissance! majesté!..

TARENTE, à Lillo.

Tu es né pour cela! mais vois donc comme ça se rencontre! pour que ses arrêts en ta faveur puissent s'accomplir, le destin a renversé tout exprès le pouvoir de la Reine...

LILLO.

En effet!

TARENTE.

La place est libre... allons, du cœur... en avant!

LILLO.

C'est ça... en avant! en avant! Mais Durazzo?

TARENTE.

Eh bien?

LILLO.

Puisqu'il va être roi!..

JEANNE.

Grace à qui?

LILLO.

Grace à moi!

TARENTE.

Maladroit! tu as la puissance de faire un roi, et tu n'en profites pas pour toi-même!

LILLO.

Tiens!.. au fait!..

TARENTE.

Tu voudrais tromper le destin, après tout ce qu'il a ordonné pour toi!..

JEANNE.

Prends garde de l'offenser, Lillo; il ne pardonne jamais!

LILLO.

Je sais bien... mais que faire, à présent?.. les choses sont si avancées!

TARENTE.

Va voir tes amis... dis-leur que tu as réfléchi, que tu t'es trompé... que Durazzo n'est pas l'homme qui convient... que tu viens d'apprendre qu'il voulait trahir le peuple...

LILLO.

Mais ils ne me croiront pas... il faudrait une preuve!..

JEANNE.

Une preuve!.. attends!..

TARENTE, à part.

Quel est son dessein?

JEANNE.

Je vais te donner les moyens de réussir... courage, fermeté... et je te le promets, je te le jure... notre victoire est certaine!

(Elle entre vivement dans l'hôtellerie.)

LILLO.

Vrai! je ne sais pas ce qu'elle va faire... mais c'est un Vésuve que cette petite femme-là!.. elle m'a rendu toute mon énergie... à nous deux, Durazzo!..

TARENTE.

C'est ça!..

LILLO, montrant sa main.

Et je ne leur dirai pas que le destin?..

TARENTE.

Non pas!

LILLO.

Je comprends... lorsqu'on veut renverser ses amis, il ne faut pas annoncer tout de suite qu'on va prendre leur place!..

TARENTE.

Arrangeons-nous d'abord pour que le trône soit vacant... c'est le seul moyen d'y arriver plus tard!

LILLO.

Comme il parle, comme il m'aime, ce Lorenzi! aussi, je ne t'oublierai pas... une fois que je serai roi, je n'aurai pas besoin d'être duc, je te repasserai ça, mon beau-frère!..

JEANNE, rentrant, à Lillo.

Tiens, prends ce papier que le hasard a fait tomber entre mes mains... vas le montrer à tes amis!

LILLO, prenant le papier.

Ce papier... voyons... (Lisant.) « Prince Durazzo, grace au bruit de ma mort que vous avez su répandre, j'ai pu sans danger gagner les états romains... j'approuve tous vos projets... emparez-vous du trône, puisque c'est pour me le conserver! JEANNE DE NAPLES! » Qu'ai-je lu!.. il serait possible!.. et cette écriture...

JEANNE.

Est bien de la main de Jeanne!

LILLO.

Il nous vendait, le perfide!.. maintenant, qu'il tremble!.. malheur à lui!

JEANNE.

Vas, vas... ne perds pas une minute!..

LILLO.

J'y cours!.. (Il sort vivement.)

SCÈNE VII.

TARENTE, JEANNE.

TARENTE.

A merveille, Madame... Lillo va détruire son ouvrage... mais il ne faut pas l'abandonner à lui-même... seul, sans moi, il pourrait faiblir, nous trahir, sans le vouloir, et je cours le rejoindre.

JEANNE.

Moi, je vous attendrai là !..

(Pepa paraît au fond, et s'arrête pour écouter.)

TARENTE, reconduisant Jeanne qui entre dans l'hôtellerie de Lillo.

Bon espoir, Madame, nous réussirons !

(Il la salue avec respect.)

SCÈNE VIII.

TARENTE, PEPA.

PEPA, s'avançant.

Madame !.. qu'est-ce que ça veut dire ?..

TARENTE, à part.

Elle nous écoutait !..

PEPA.

Ce respect avec une sœur... c'est singulier !

TARENTE, avec embarras.

Mon Dieu ! c'est tout simple, Pepa !.,

PEPA, appuyant sur les mots.

Pas autant que vous voulez le faire croire... et ça me confirme dans des idées... dans des soupçons...

TARENTE, à part.

Se douterait-elle ?..

PEPA.

Au surplus, Pietro et ses camarades vont être ici dans un instant... Je les ai vus sortir du palais de la Reine, qu'ils viennent de saccager !.. Puisque c'est si simple, nous éclaircirons tout ça devant eux !.. Justement, les voici... Nous allons voir !..

SCÈNE IX.

TARENTE, PEPA, GENS DU PEUPLE.

(Quelques-uns d'entr'eux portent à la main les objets qu'ils ont pillés au palais de la Reine.)

MORCEAU DE CHANT.

CHŒUR.

Du palais de la Reine,
Nous arrivons soudain,
Là, nous avons sans peine
Trouvé riche butin !
Joyaux, or et dentelles,
Parures les plus belles...
Pierres fines, bijoux ;
A nous, à nous, à nous !

PEPA, aux Napolitains.

Écoutez, mes amis !.. en ces lieux, je soupçonne
Qu'il se trame une trahison,
Et je vais, devant vous, amener la personne
Qui doit éveiller le soupçon !

(Elle entre vivement dans l'hôtellerie.)

TOUS.

Contre nous, une trahison !
Il faut éclaircir ce soupçon !

TARENTE, à part.

Comment éloigner ce soupçon ?

SCÈNE X.

LES MÊMES, PIETRO.

PIETRO, portant un tableau.

Enfans, voilà ma prise :
C'est un noble tableau,
Pour faire une surprise
A notre ami Lillo !

TOUS, l'entourant.

Quel est donc ce tableau ?

PIETRO.

Le portrait de la Reine !

TARENTE, à part.

O ciel ! qu'ai-je entendu !
Quelle terreur soudaine !
Mon Dieu ! tout est perdu !

PIETRO, désignant l'hôtellerie.

Nous allons en faire une enseigne,
Ici, suspendons ce portrait,
Et Jeanne finira son règne
A la porte d'un cabaret !

(Ils se disposent à placer le portrait.)

TARENTE, à part, avec anxiété.

Ce portrait... ce portrait... on va le reconnaître,
Et Pepa, ses soupçons...

PIETRO, lui frappant sur l'épaule.

Viens nous aider, mon maître.

TARENTE, s'élançant au milieu d'eux.

Arrêtez ! ce portrait infâme
Ne doit pas attrister ces lieux !
Ce portrait rappelle à notre âme
Le fardeau d'un joug odieux !
Tous les amis de la patrie
Fuiraient de cette hôtellerie !
L'image de la tyrannie
Ne doit pas offenser leurs yeux !

(Il renverse le portrait et le déchire à coups de couteau.)

TOUS, l'imitant.

Il a raison !.. d'une ennemie,
Brisons le portrait odieux !
L'image de la tyrannie,
Ne doit pas offenser nos yeux !

(Le portrait est mis en lambeaux.)

SCÈNE XI.

LES MÊMES, PEPA, sortant de l'hôtellerie et amenant Jeanne.

PEPA, tenant Jeanne par la main.

Allons, allons, venez, Madame.

TOUS.

C'est Pepa... quel est son projet ?

PEPA.

J'en suis sûre... amis, cette femme,
N'est pas ce qu'elle paraît !
D'un ton plein de respect,
Lorenzi lui parlait,
On vous cache quelque secret !

TARENTE, riant aux éclats.

Ah ! ah ! la plaisante aventure,

Oui, sur ma foi, le tour est bon ;
La pauvre Pepa, je le jure,
Amis, a perdu la raison !

PEPA.

Vraiment, j'ai toute ma raison !
Sa sœur est quelque grande dame.

TARENTE, riant.

Ah ! je le voudrais, sur mon âme !
Pour ma famille, quel honneur !
Si ma sœur était une dame,
Je serais sans doute un seigneur.
Mais nous sommes tous deux, et, pour notre malheur
Enfans du peuple !

PEPA, prenant la main de Jeanne.

Eh bien ! prouvez ce qu'il avance.
Teresa, chantez-nous ici
Ce gai refrain, qu'à Naples on apprend dès l'enfance :
La chanson des lazzaroni !

TOUS.

Oui, oui !
La chanson des lazzaroni !

TARENTE, à part.

Que faire ? ah ! mon cœur a frémi !

JEANNE, bas et rapidement à Tarente.

Je la sais, je la sais...

TARENTE, à part.

Merci, mon Dieu ! merci !

BARCAROLLE.

JEANNE.

Allons, Nina la folle,
Allons, dis-nous soudain
La vive barcarolle
Du gai Napolitain !
La voilà !
La voilà !
La, la, la, la !

(Elle s'arrête tout-à-coup et hésite.)

La, la, la !

PEPA, vivement.

Vous voyez... elle hésite !

TARENTE, à part.

D'effroi, mon cœur palpite.

TOUS.

En effet ! elle hésite...
Que veut dire ceci ?

PEPA.

Voyez comme elle hésite,
Son trouble éclate ici !

TOUS.

Elle hésite ! elle hésite !

JEANNE, vivement.

M'y voici ! m'y voici !

(Continuant.)

La mer est belle,
Le ciel est pur ;
Fends, ma nacelle,
Le flot d'azur !
Ah ! sur la rive,
Enfin, j'arrive,
J'entends là-bas
Joyeux ébats !
— Vrai Dieu ! quel air coquet, quels beaux atours !
Gianetta, mes amours !
A la fête, veux-tu, mon cœur,
De moi pour ton danseur ?
— Non, sans mystère
Je préfère
A toi, Marco le beau pêcheur.

CHOEUR.

Brava, Nina la folle,
Ah ! le charmant refrain !
Brava, la barcarolle
Du gai Napolitain !

JEANNE.

Deuxième couplet.

A mes richesses
Tu céderas !
A mes largesses
Tu te rendras !
D'or et de soie,
O douce joie,
Je veux demain
Parer ton sein !
Oui-dà ! je puis te faire, en vérité,
Éclipser en beauté
Une madone, et pour retour,
Je veux un peu d'amour !
— Non, sans mystère
Je préfère
A tous, Marco le beau pêcheur.

CHOEUR.

Brava, Nina la folle, etc.

(Ils sortent par le fond en chantant ; Pepa rentre dans l'hôtellerie avec humeur. — La nuit vient par degrés.)

SCÈNE XII.

JEANNE, TARENTE, LILLO.

LILLO, accourant par la droite, la lettre de Jeanne à la main.

La lettre de la Reine a fait merveille !.. il fallait voir l'exaspération de mes amis contre le traître Durazzo... il paraît ! je lui montre ce papier... il s'écrie aussitôt : De la main de la Reine !..— Il en convient, mes amis ! Alors, la fureur redouble, ne connaît plus de bornes, et le Prince, sans être écouté, se voit entouré, pressé, insulté... déjà des cris de mort se font entendre... moi, poussé par un reste de pitié, effrayé, peut-être, je me jette au-devant de lui, je le protége... et c'est avec grand peine que j'ai pu lui sauver la vie, en le faisant enfermer dans la prison de Castel-Novo.

TARENTE.

Nos vœux sont surpassés !..

LILLO.

Mais ce n'est pas tout. Accompagné de mes amis, j'arrive sur la grande place... une foule immense... une agitation extrême... car déjà on avait appris que Teresa venait de sauver le pays en démasquant le traître Durazzo... le nom de Teresa circulait de bouche en bouche, on ne parlait que de sa science, de ses talens, de son amour pour la patrie... c'était de l'ivresse, de l'adoration... Moi, profitant de cet enthousiasme, je leur dis : « Oui, mes amis, Teresa est notre libératrice !.. A la place d'une reine déchue, une reine nouvelle !.. » et mille voix m'ont répondu par le cri de : Vive Teresa !

JEANNE, avec transport.

Comment, il se pourrait...

LILLO.

Je n'ai plus qu'un mot à dire, et je réponds du succès!

TARENTE, vivement.

Eh bien! il faut à l'instant même...

LILLO.

Pas encore!.. Si Teresa est nommée reine, me suis-je dit, la prédiction pour moi se réalise tout d'un coup, sans obstacle... car elle m'épouse, et je deviens roi.

TARENTE.

Sans doute! qui t'arrête?

LILLO.

Une réflexion!

JEANNE.

Laquelle?

LILLO.

Faut-il parler franchement?.. Eh bien! qui m'assure qu'une fois nommée, Teresa n'oubliera pas ses promesses?..

JEANNE.

Lillo, tu peux penser?..

LILLO.

Oh! une couronne sur la tête, ça ôte la mémoire.

FINAL.

TARENTE.

Un tel soupçon! qu'oses-tu dire?..

LILLO.

Cette crainte, à l'instant, vous pouvez la détruire.

JEANNE.

Parle!

LILLO.

Contre le mien, échangez votre anneau;
Puis, le bras étendu vers la sainte chapelle
De saint Janvier, notre patron fidèle,
Jurez que Teresa ne sera qu'à Lillo.

JEANNE, étendant la main.

Oui, Teresa ne sera qu'à Lillo!

(L'échange des anneaux se fait.)

TARENTE.

Es-tu content?

LILLO.

Sainte promesse!

JEANNE.

Et maintenant?..

LILLO.

Ma crainte cesse.

JEANNE.

Ah! quel bonheur!

TARENTE.

Quel doux espoir!

JEANNE.

Au premier rang...

LILLO.

Je vais m'asseoir!

TARENTE.

Et, près de toi...

LILLO.

Femme chérie!

JEANNE.

Quel avenir!

LILLO.

La belle vie!

TARENTE.

Mais, hâtons-nous!

LILLO.

Courons soudain!

JEANNE.

Et le succès?..

LILLO.

Il est certain.

ENSEMBLE.

Plus de crainte,
De contrainte;
Tout sourit à mon cœur.
Au pouvoir, marchons vite!
Quel honneur!
Quel bonheur!
A mon âme,
Qui s'enflamme,
De beaux jours sont promis.
Quelle ivresse!
De l'adresse,
La couronne est le prix!

SCÈNE XIII.

LES MÊMES, HOMMES ET FEMMES DU PEUPLE.

(Plusieurs d'entre eux portent des torches allumées à la main.)

LILLO, au peuple.

Accourez, mes amis, accourez!.. voilà celle
Dont la science nous sauva.
A son pays, toujours, elle sera fidèle.
Honneur, honneur à Teresa!

TOUS.

Honneur, à Teresa!

LILLO.

Pour récompenser tant de zèle,
Et le pouvoir qui nous sauva,
Allons, d'une gloire nouvelle,
Il faut entourer Teresa!
Nous disposons de la couronne;
Que sur son front elle rayonne!
Allons, amis, jamais personne,
Mieux qu'elle, ne la mérita.
Honneur, honneur à Teresa!

TOUS.

Nous disposons de la couronne, etc.

(Ils entourent Teresa, qu'ils vont porter en triomphe.)

FIN DU DEUXIÈME ACTE.

ACTE III.

Une salle du château royal à Naples. Portes latérales avec de riches portières. Au fond, un grand balcon fermé par trois fenêtres.

SCÈNE I.

TARENTE, LILLO, PIETRO, HOMMES ET FEMMES DU PEUPLE.

CHOEUR.

Que nos cris joyeux
Montent jusqu'aux cieux!
Vive notre Reine,
Notre souveraine!
Toujours Teresa
Nous gouvernera.
Vive Teresa!

TARENTE.

RÉCITATIF.

De votre choix Teresa sera digne;
Votre bonheur est son seul vœu.
C'est le peuple qui la désigne,
Et sa voix est la voix de Dieu.

AIR.

Pour ma patrie,
Bel avenir
Va donc s'offrir.
Reine chérie,
Par nous choisie,
Vient nous unir.
Je vois, pour elle,
Le plus doux zèle
Vous animer.
Pleins d'espérance,
Jurons, d'avance,
De la défendre et de l'aimer!
Pour ma patrie, etc.

SCÈNE II.

LES MÊMES, JEANNE, en habits royaux, sortant de l'appartement à gauche et suivie de QUELQUES FEMMES.

LILLO, la regardant avec admiration.

Ah! par saint Janvier! qu'elle est belle!
Regardez-la donc, mes amis.

TARENTE, souriant.

Oui, l'on dirait que ces habits,
Vraiment, ont été faits pour elle.

CHOEUR.

Oui, l'on dirait que ces habits,
Vraiment, ont été faits pour elle.

REPRISE DU CHOEUR.

Que nos cris joyeux, etc.

(Ils sortent tous avec joie et en tumulte.)

SCÈNE III.

TARENTE, LILLO, JEANNE.

LILLO à Jeanne.

Eh bien! ai-je tenu parole?.. vous voilà installée, dans le château royal, sous le nom de Teresa première. Dites donc, entre nous, quel beau rêve!

JEANNE.

Non... il me semble tout naturel d'être ici.

LILLO.

Bah!.. (A Tarente.) Et toi?

TARENTE.

Moi?.. je m'y attendais d'un moment à l'autre.

LILLO.

J'y suis... à cause des signes de la main!.. n'importe!.. je suis dans une agitation!.. tout à l'heure, surtout!.. quand je voyais le peuple vous porter en triomphe, vous entourer, vous presser avec idolâtrie... j'avais peine à contenir les battemens de mon cœur... je me disais: Camarades, celle que vous encensez aujourd'hui, celle que vous venez de placer au nombre des grands de la terre, j'ai sa foi, j'ai son amour... mais je me disais ça tout bas, bien bas!..

TARENTE.

A la bonne heure!.. tu sais ce dont nous sommes convenus?

LILLO.

J'ai obéi aveuglément... personne ne se doute... mais vous allez enfin me dire pourquoi vous exigez que je ne proclame pas hautement mon bonheur!..

TARENTE.

Pourquoi?.. c'est un coup de politique!

LILLO.

Ah! vous en faites déjà?..

TARENTE.

Il y a long-temps!

JEANNE.

Écoute, tu connais Gennaro, Antonio, Lucio... tous ceux enfin qui ont fait décider de mon avènement au trône?.. eh bien! à peine ai-je été proclamée, qu'ils se sont l'un après l'autre approchés de moi... tous ont tenu le même langage... «Teresa, bientôt il faudra, par un hymen, consolider cette royauté nouvelle!..»

TARENTE.

Et dans leurs regards, ma sœur lisait qu'en parlant ainsi chacun d'eux prétendait à sa main... ils n'ont porté Teresa au trône que dans l'espoir d'y arriver eux-mêmes!..

LILLO.

Voyez-vous, les ambitieux!..

JEANNE.

Moi, j'ai encouragé tout le monde!.. un coup-d'œil à celui-ci, un sourire à celui-là!..

LILLO.

Très bien! très bien!.. si leur espérance était déçue, ils renverseraient bientôt leur idole... attendons que notre pouvoir soit bien établi, et puis nous ferons connaître la vérité!

TARENTE.

Quelle forte tête tu fais!

LILLO.

Soyez tranquilles!.. je comprends l'importance de ma position, et je vous jure que rien ne me fera parler... Diable! par ma faute Teresa redeviendrait une pauvre fille, et moi un simple hôtelier!.. plutôt me pendre!.. au surplus, n'ai-je pas tout ce qu'il faut pour attendre patiemment l'heure de parler en maître... (Prenant la main de Tarente.) Un beau-frère que j'aime!.. sa sœur que j'idolâtre!.. allons, c'est convenu... pendant quelques jours, je me contenterai d'être roi en cachette, n'est-ce pas, ma petite femme?..

TARENTE.

Ta femme! ta femme!.. sans doute, elle le sera!

JEANNE.

Oh! je me considère comme engagée!..

LILLO.

Hein?.. plaisantez-vous?.. mais nous sommes mariés.

TARENTE.

C'est-à-dire!..

LILLO.

Mariés!.. et plus solennellement encore que si le prêtre avait béni notre union!..

JEANNE, interdite.

Comment?..

LILLO.

Mais aujourd'hui, la moitié des mariages, à Naples, a été contractée ainsi... ma mère mariée devant saint Janvier!.. et je porte avec orgueil le nom de mon père...

JEANNE, à part.

Et j'ignorais!..

TARENTE, avec inquiétude.

Et cet usage, personne n'y a jamais manqué!..

LILLO.

Une fois... Bianca la bouquetière, l'année passée, aux fêtes de Noël... elle fit aussi l'échange des anneaux avec Gaetano le pêcheur... malgré ça, elle ne voulut pas le suivre... on la trouva morte!..

JEANNE et TARENTE.

Morte!..

LILLO.

Gaetano l'avait tuée!

TARENTE.

Mais la justice?..

LILLO.

Vint pour le saisir!.. ah bien! oui... le peuple tout entier prit fait et cause pour lui, et l'on n'osa pas le tourmenter davantage; tenez, j'étais un de ceux qui firent respecter notre usage révéré. (Observant Jeanne et Tarente qui se regardent avec effroi.) Ah ça! mais vous me paraissez tout contrariés, vous autres?..

TARENTE, affectant le calme.

Nous?.. au contraire... nous sommes enchantés!..

LILLO, à Tarente, en montrant Jeanne.

Ah! tant mieux! car je sens là que je l'aime tant, qu'il me serait impossible de la quitter une minute, une seconde... partout où elle sera, elle me retrouvera à ses côtés... aujourd'hui, elle habite ce palais, eh bien! à partir d'aujourd'hui, je ne le quitte plus!

JEANNE, à part.

Ah! mon Dieu!

LILLO.

Comme nous allons nous aimer!.. mais pas en grands seigneurs, par exemple!.. en bons bourgeois... sans façons, sans étiquette... et quand j'accourrai auprès de ma femme, pas de valets qui m'entourent, qui me précèdent... fi de l'amour qui se fait annoncer!.. tenez, à propos de ça, ce matin, en parcourant le palais, là, au bout de la grande galerie, j'ai vu l'appartement de la Reine... (Il désigne la gauche.) et de ce côté, bien loin, l'appartement du Roi... (Il désigne la droite.) Mais je ferai changer tout ça... j'ai déjà donné des ordres, et je vais voir... j'ai tant de choses en tête, aujourd'hui... un mariage, une royauté... un emménagement... attendez-moi, ne vous impatientez pas, je reviens dans un instant!.. (Il sort par la droite.)

SCÈNE IV.

TARENTE, JEANNE.

JEANNE

Il s'éloigne!.. enfin!

TARENTE.

Cet échange d'anneaux... cet indigne mariage... qui pouvait prévoir?..

JEANNE.

Et je suis liée à cet homme!..

TARENTE.

Vous, Madame?..

JEANNE.

Il va revenir!.. comment échapper à son odieux amour?.. en se voyant déçu dans ses espérances, il ne gardera plus de mesures, il parlera au peuple, fera connaître ses droits... ils sont sacrés... et je serai contrainte!..

TARENTE.

Mais, alors, Madame, quels sont vos projets?..

JEANNE.

Ah! je ne sais!.. la crainte, l'effroi ont glacé mon cœur... ma tête se perd!..

TARENTE.

Et le marquis d'Urbino, cette flotte qui n'arrive pas!..

JEANNE.

Que faire, mon Dieu? que faire?..

TARENTE.

Silence, Madame, voici quelqu'un!.. c'est Pepa...

SCÈNE V.

LES MÊMES, PEPA.

PEPA, à part.

La voilà... c'est singulier... je venais... et je n'ose plus à présent!..

JEANNE, à Tarente, qui lui a parlé bas.

Oui, vous avez raison, elle pourrait nous servir!..

PEPA, toussant légèrement.

Hum!.. hum!..

JEANNE.

Approche, mon enfant!

PEPA, avec timidité.

Pardon, Madame... mais maintenant que vous êtes Reine!..

JEANNE.

Ne crains rien, je suis toujours Teresa pour toi.

PEPA.

Tant pis!

TARENTE.

Que veux-tu dire?..

PEPA.

Sans doute!.. puisque je venais demander à la Reine protection contre Teresa la sorcière...

JEANNE.

Tu lui en veux donc toujours?..

PEPA.

Je crois bien!.. avant de la connaître, Lillo m'avait parlé de mariage... tout était arrangé, convenu entre nous... elle paraît et m'enlève mon amoureux, à moi, pauvre fille qui n'en avais qu'un!..

JEANNE.

Voyons, parle... que puis-je faire pour toi?..

PEPA.

On m'a dit que la Reine doit rendre la justice au plus petit de ses sujets!..

JEANNE.

Sans doute!

TARENTE.

Et c'est son devoir!

PEPA.

Eh bien! je viens demander à la Reine d'empêcher Teresa d'aimer Lillo.

JEANNE, vivement.

Ah! je voudrais avoir cette puissance!..

PEPA.

Il se pourrait?.. mais vous ne l'aimez donc pas?..

JEANNE.

Je ne désire qu'une chose... c'est de te voir heureuse, de te rendre ton mari... et pour te convaincre de ma sincérité, écoute... Lillo va sans doute revenir... il ne faut plus le quitter!..

TARENTE.

C'est cela... observe toutes ses démarches!..

JEANNE.

Suis-le comme son ombre!..

TARENTE.

Qu'il te retrouve toujours à ses côtés!..

JEANNE.

Je te permets de rester ici... de le guetter, de l'attendre.

PEPA.

Oui, oui... soyez tranquilles... une fois que je le tiendrai... ah! Lorenzi! ah! madame la Reine! que de reconnaissance!

JEANNE.

Mais c'est à une condition!

PEPA.

Laquelle?..

JEANNE.

Que Lillo ne sache jamais ce que nous voulons faire pour toi!

PEPA.

Oh! jamais!

TARENTE.

Tu rendrais vaines toutes nos bonnes intentions!..

PEPA.

Ah! je n'aurai garde!..

TARENTE.

Bien! bien!.. (Bas, à Jeanne.) Venez, Madame... grace à Pepa, nous aurons quelques instans pour songer aux moyens d'échapper au danger qui nous menace!..

JEANNE.

Au revoir, Pepa... je rentre dans mon appartement... il dépend de toi, maintenant, d'en éloigner Lillo!..

PEPA.

Soyez tranquille, Madame... jamais Reine n'aura été mieux gardée!..

(Jeanne et Tarente sortent par la gauche.)

SCÈNE VI.

PEPA, seule.

Voilà une Reine qui rend bien la justice à ses sujets... à la bonne heure!.. et puisque j'ai son autorisation, nous allons voir... ah! c'est ici l'entrée de ses appartemens... (S'appuyant sur le fauteuil devant la portière de gauche.) Eh bien! jusqu'à nouvel ordre, voilà mon domicile!..

COUPLETS.

Quel bonheur est le mien!
Ah! puisque l'on m'approuve
Partout où je le trouve
Moi, je reprends mon bien!
Vainement le volage
Rêve d'autres appas...
Je défends le passage,
Il n'arrivera pas!
　　Nouvelle
　　Sentinelle,
En garde! me voilà!
Qui vive?.. un infidèle!
　　Halte-là!

DEUXIÈME COUPLET.

Oui, j'aurai du courage;
Il ne peut m'échapper!..
Et pour le mariage
Je saurai l'attraper!
Je veux qu'il se résigne
Car je prends aujourd'hui
Pour mot d'ordre et consigne:
Il me faut un mari!
　　Nouvelle
　　Sentinelle, etc.

(Apercevant Lillo qui entre par la droite.) C'est lui!.. attends, toi!..

(Elle se cache derrière la portière de gauche.)

SCÈNE VII.

PEPA, LILLO.

LILLO, sans voir Pepa.

Mes ordres sont fidèlement exécutés... ma Teresa, qu'il me tarde de la rejoindre... et je vais.

(Il se dirige vers la portière, la soulève et aperçoit Pepa.) Ciel! Pepa!..

PEPA.

Oui, Monsieur... c'est moi!

LILLO, à part.

Quel fâcheux contre-temps!..

PEPA.

Enfin, on vous retrouve!.. depuis hier vous n'avez pas paru dans votre hôtellerie!..

LILLO.

Que veux-tu!.. les affaires publiques...

PEPA.

Les affaires publiques?.. c'est bon! c'est bon!.. mais, maintenant, tout est fini... nous avons une Reine... une excellente Reine!.. on n'a plus besoin de vous... ainsi, comme vous n'avez pas de prétexte à me donner... je m'attache à vous... je ne vous lâche pas... et je crierai jusqu'à ce que vous ayiez rempli vos promesses... ingrat! perfide! volage!..

LILLO.

Veux-tu bien te taire!

PEPA, élevant la voix.

Trompeur! imposteur! monstre!..

LILLO.

Chut! (A part.) Mon Dieu! si ma femme l'entendait, elle est peut-être jalouse!

PEPA.

Mais cette fois-ci, ça ne se passera pas comme ça, mon parrain Pietro me l'a bien promis... il vous cherche aussi de son côté, et vous savez comme il est endurant!

LILLO, à part.

Pietro! il ne me manquait plus que ça.

PEPA.

Croyez-moi, filez doux! donnez-moi votre bras et rentrons bien vite chez nous... allons, allons!

LILLO.

Pepa, finissez! je suis attaché à ce palais, j'ai un emploi près de la Reine... des fonctions très délicates...

PEPA, raillant.

Maître d'hôtel?..

LILLO, avec orgueil.

Mieux que cela! et ne plaisantez pas avec un fonctionnaire... sortez, Pepa...

PEPA.

Tenez, voilà comme je suis vos ordres...

(Elle se rassied dans un fauteuil, et le regarde d'un air goguenard.

SCÈNE VIII.

LES MÊMES, PIETRO.

PIETRO, à Lillo.

Ah! te voilà, toi!

LILLO, à part.

A l'autre, à présent!

PEPA.

Bon, voilà du renfort!

PIETRO.

Sais-tu bien qu'à la fin, je me lasserai de courir après toi... trompeur! vaniteux! mauvais sujet!..

LILLO, à part.

Comme il arrange son roi!

PIETRO.

Monsieur qui ose encore élever ses vues jusqu'à Teresa... maintenant qu'elle est placée si haut!

PEPA.

Ça fait pitié!

LILLO, à part.

Dire que d'un mot je pourrais les confondre...

PIETRO.

Ah ça! tu es donc fou? tu espères encore...

LILLO.

Moi, par exemple! tant que Teresa n'a été que mon égale, je pouvais peut-être songer... Mais à présent, un pareil mariage... ça ne peut pas se faire... (A part.) Vu que c'est déjà fait!

PIETRO.

Ah! c'est heureux! tu te rends justice!

LILLO.

Certainement, et si, tout-à-l'heure, Pepa n'avait pas commencé par crier si fort... je lui aurais dit: Allons, prends mon bras, ma petite Pepa... oublions le passé, et retournons bien vite dans notre hôtellerie, c'est là qu'est le bonheur!

PEPA, avec joie.

Bien vrai? vous m'auriez dit ça?

PIETRO, à Pepa.

Je ne m'y fie pas, moi, à toutes ces belles paroles-là... et je ne sors pas d'ici que je ne l'aie vu, avec toi, reprendre le chemin de son auberge...

LILLO.

Mais je suis tout prêt!..

PIETRO.

Ne songe pas à me tromper! tu le sais, j'ai le bras solide!

LILLO.

Oui, oui... (A part.) Et pour mon premier acte d'autorité, je te ferai mettre les fers aux pieds et aux mains... aux mains, surtout! (Haut, prenant le bras de Pepa.) Viens, ma petite Pepa... (A part.) Toi, je vais t'enfermer pour toute la nuit; comme ça, je serai libre!..

PIETRO.

Rentrons au logis...

(Pepa et Lillo sortent par la gauche.)

SCÈNE IX.

PIETRO, TARENTE, puis JEANNE.

TARENTE, à Pietro, qui va pour sortir.

Un mot! la Reine veut te parler!

PIETRO.

A moi?..

TARENTE.

La voici!

JEANNE, entrant et bas à Tarente.

Allez, mon ami... hâtez-vous... songez aux périls que nous courons... et que le ciel seconde nos projets!

TARENTE, bas.

Fiez-vous à moi, Madame... (Haut à Pietro.) Pietro, j'ai dit à la Reine qu'elle pouvait compter sur ta fidélité... (Il sort par la droite.)

PIETRO.

Oh! toujours!..

SCÈNE X.

JEANNE, PIETRO.

PIETRO.

Madame, qu'avez-vous à m'ordonner?

JEANNE.

Écoute, j'ai des ennemis!

PIETRO.

Vous, Madame... déjà?..

JEANNE.

Je n'en puis douter... demain, cette nuit peut-être...

PIETRO.

Eh bien! il faut veiller à votre sûreté...

JEANNE.

J'ai besoin d'un chef courageux et fidèle, qui, désormais, réponde de ma personne,.. j'ai pensé à toi!

PIETRO, avec joie.

A moi! à moi!..

JEANNE.

Tu acceptes?

PIETRO.

Pouvez-vous en douter?.. Et j'entrerai en fonctions...

JEANNE.

A l'instant même.

PIETRO.

C'est facile; j'ai toujours là, sous la main, mes compagnons armuriers... la consigne...

JEANNE.

De ne laisser entrer personne ici... personne, pas même Lillo!

PIETRO.

Surtout Lillo; j'ai mes raisons particulières pour ça... c'est convenu. Dans quelques minutes, toutes les portes du palais seront bien gardées... je vous le jure par mon patron.

JEANNE.

Va, va, Pietro!

PIETRO.

Oui, Madame, oui... et vous ne pouviez faire un meilleur choix. (En sortant.) Quel honneur pour le corps des armuriers!

SCÈNE XI.

JEANNE, seule.

La fuite... oui, la fuite; c'est notre seule ressource. Lillo, ce mariage... quelle indignité! Ah! je n'avais pas à balancer. Cachés à quelques lieues de Naples, nous pourrons attendre ma flotte et mes soldats provençaux. Les ordres donnés à Pietro empêcheront Lillo de pénétrer ici, et nous pourrons fuir sans obstacles... Que dis-je!.. mais si l'on allait surprendre le prince dans ses préparatifs de départ... deviner ses projets... sa mort, peut-être!.. Non! non! voici la nuit, elle le protégera... mais, qu'il ne tarde pas à revenir; car, maintenant, seule dans ce palais, j'ai peur... Ah! cette porte!.. (Elle court à la porte de droite et pousse le verrou.) A présent, je suis plus tranquille. (Apercevant Lillo qui escalade le balcon du fond.) Ah!

SCÈNE XII.

JEANNE, LILLO.

LILLO.

N'aies pas peur; c'est moi, ma petite femme.

JEANNE, à part.

C'est lui!

LILLO.

Quelle consigne sévère! Pas moyen d'entrer par les portes... heureusement, il y a des fenêtres.

JEANNE, à part.

Que faire, mon Dieu! que faire?

LILLO, s'approchant.

Dis donc, Teresa, un mari qui vient chez sa femme par escalade... c'est gentil, c'est piquant. (Il se rapproche encore de Jeanne.)

DUO.

Mais, pourquoi
Cet effroi?
Ne suis-je pas, ma belle,
Ton mari, ton amant fidèle?

JEANNE.

Laissez-moi, Monsieur... laissez-moi!

LILLO.

Allons, allons, rapproche-toi.

(Il s'approche tendrement de Jeanne.)

JEANNE, avec dignité.

Ah! craignez tout de ma colère;
Sortez, Monsieur, sortez d'ici!

LILLO, se méprenant.

Très bien! très bien!.. Quelle voix fière!
L'air digne, et la démarche altière,
Tu feras bien la reine, Dieu merci!

JEANNE.

Sortez, Monsieur!

LILLO.

Tu te méprends, ma chère;
A ses sujets on parle ainsi...
Non pas, non pas à son mari.

JEANNE, à part, et tremblante.

Ah! par la crainte
Je suis atteinte.
Quel embarras!
Que faire, hélas?

LILLO, tendrement.

Non, plus de crainte,
Plus de contrainte!
Ce jour heureux
Comble nos vœux.

(Lillo veut prendre la main de Jeanne.)

JEANNE.

Ah! c'en est trop! quelle insolence!

LILLO.

Quoi! ce serait pour tout de bon?..
A la fin, je perds patience,
Et je crains quelque trahison.

JEANNE, montrant le balcon.

Un pas de plus... A mon aide j'appelle...
Ils vont accourir à ma voix.

LILLO.

J'y consens; car le peuple, à notre loi fidèle,
Publiquement, ici, reconnaîtra mes droits.

JEANNE, à part.

Que faire, hélas! mon Dieu! que faire?

LILLO.

Allons, allons, plus de courroux;
Car à mes droits rien ne peut te soustraire:
Je suis ton maître et ton époux!

ENSEMBLE.

Allons, allons, sois moins sévère;
Plus de dédains, plus de courroux;
Car à mes droits rien ne peut te soustraire:
Je suis ton maître et ton époux!

JEANNE.

Que faire, hélas! mon Dieu! que faire?
Ici, que peut un vain courroux?
Car à ses droits rien ne peut me soustraire;
Il est mon maître et mon époux.

(Lillo saisit la main de Jeanne avec violence et veut l'entraîner.)

JEANNE, se dégageant.

Plutôt la mort qu'un tel outrage!
Il vaut mieux, pour moi, dans ce jour,
Être victime de ta rage,
Que souffrir ton indigne amour.
Je sais qu'ici je me condamne...
Mais, avant tout, le soin de mon honneur.
C'est trop tarder... je suis la reine Jeanne!

LILLO, la regardant avec un trouble croissant.

Il se pourrait?.. la reine Jeanne!
Non, non, c'est un moyen trompeur,
Pour échapper à mon ardeur.
Mais je vais déjouer, ici, ton stratagème:

(Tirant de son sein la lettre que Jeanne lui a remise au second acte.)

Ce papier fut écrit par la Reine elle-même,
Et je veux m'assurer...

(Il l'entraîne à une table et lui présente une plume.)

JEANNE, prenant la plume.

Quoi! tu doutes encor?

(Elle écrit.)

Tiens! vois, Jeanne a signé... c'est son arrêt de mort!

LILLO, jetant alternativement les yeux sur les deux papiers.

Oui, c'est elle, c'est elle!
Quelle angoisse mortelle
S'empare de mon cœur!

JEANNE, avec dignité.

Eh bien! pourquoi cette terreur?
Rebelle, que rien ne t'arrête;
Couronne aujourd'hui tes complots;
La Reine te livre sa tête:
Va, cours... appelle les bourreaux!

(Elle montre le balcon.)

LILLO, la regardant avec stupeur.

Qui? moi! non... non, c'est impossible.
Dieu! quel trouble agite mon cœur!
Ah! comment rester insensible
A tant de maux et de grandeur?

(Il tombe aux genoux de Jeanne. En ce moment, on entend une vive rumeur au dehors.)

Mais, quel bruit se fait entendre!
Le tocsin! Pourquoi ce signal?
Peut-être viennent ils d'apprendre
Votre secret?.. Instant fatal!
Dans le péril qui vous menace,
Ah! je vous implore à genoux,
Pour expier mes torts et mon audace,
Laissez-moi vous sauver, ou mourir avec vous!

ENSEMBLE.

Oui, la cloche sonne,
Le tocsin résonne.
Grand Dieu! je frissonne.
Quel nouveau danger,
Quel sort vous / nous menace!
Mon Dieu! par ta grace,
Viens me / la protéger!

(En ce moment, la porte de droite cède aux efforts du peuple qui se précipite dans l'appartement. Lillo tire son couteau et se jette devant Jeanne comme pour la protéger.)

SCÈNE XIV.

LES MÊMES, TARENTE, PIETRO, LE MARQUIS D'URBINO, SOLDATS, PEUPLE.

TARENTE, accourant à la tête des soldats.

La flotte de la Reine
Vient, enfin, déjouer de criminels projets!

(Les soldats vont pour se précipiter sur le peuple.

JEANNE, se plaçant au milieu d'eux.

Arrêtez! arrêtez! clémente souveraine,
La reine Jeanne, ici, pardonne à ses sujets!!!

LE MARQUIS D'URBINO, avec respect.

La Reine!

(Il se découvre et met un genou en terre.)

LES SOLDATS, de même.

La Reine!

LE PEUPLE.

La Reine!

JEANNE, au peuple.

Jeanne, cette reine déchue,
Par vous, amis, vient d'être élue...
Me voilà donc reine deux fois!
Par mes aïeux, par votre choix!

(A Pepa.)

Viens, Pepa... reprends cet anneau...
Je l'ai promis... je te rends à Lillo!

LILLO, bas à Pepa.

A toi, Pepa, le sort m'enchaîne!..

(A part, avec regret.)

Manquer un destin si brillant!
Hélas! j'ai bien failli, pourtant,
Être le mari de la Reine!!!

CHŒUR GÉNÉRAL.

Plus de troubles, plus de vengeance!
Pour le bonheur de ses sujets,
Jeanne va régner, désormais,
Par les bienfaits et la clémence!

FIN.

Imprimerie de Mme de Lacombe, rue d'Enghien, 12.

PIECES EN VENTE :

Le Toréador, comédie en trois actes. 60
Miss Kelly, comédie en un acte. 40
Le Chevalier [illegible], comédie. 40
Porteuil, comédie mêlée de vaudev. 30
Un Neveu s'il vous plaît, [illegible] 30
La Grisette et l'Héritière, comédie. 50
La Belle Limonadière, coméd.-vau. 50
Les Avoués en vacances, vaudeville. 50
Au bout du monde, coméd.-vaud. 30
Les Trois Muletiers, mélodrame. 50
Fragoletta, comédie-vaudeville. 50
Le Lion du désert, en trois actes. 40
Ma [illegible] noire, vaudev. en un acte. 30
L'Amour d'un ouvrier, drame. 40
Le Bigame, drame en trois actes. 60
Le Prince d'un jour, vaudev. un acte 30
Les Premières armes de Richelieu, comédie en trois actes. 60
La Fête de Waterloo, drame. 30
Le Marchand de Bœufs, vaudeville. 40
Un Cas de conscience, comédie. 60
Giuseppo, drame en cinq actes. 60
Les Pêcheurs du Tréport, vaudev. 30
Le Houpin, comédie en un acte. 20
Le Paradis de Mahomet vaudeville 30
Eva, drame lyrique. 20
Paul Darbois, drame en cinq actes. 50
Suzanne, opéra en quatre actes. 60
La Première ride, vaud. en un acte 50
Les Maquignons, vaudeville 40
Le Grand-Duc, proverbe. 20
L'An Quarante, revue en un acte. 20
La Famille Fanferlucke, vaudeville. 40
Mignonne, comédie en deux actes. 40
Je m'en moque comme de l'an 40. 20
Le Tremblement de terre de la Martinique, drame en cinq actes. 50
Les Iroquois, revue en un acte. 20
Premier début de Darincourt. 20
L'Habit de grenadier, vaudeville. 20
Le Maître à tous, comédie. 30
Trois Épiciers, vaudeville. 50
Un Serpent [illegible], comédie. 30
Lauzun, comédie. 60
La Cardeuse de matelas. 30
Deux [illegible] de foie, puff en 2 actes. 30

L'Orangerie de Versailles, comédie. 40
Le Mari de la Fauvette, vaudeville. 30
La Fille du régiment, opéra-com. 50
Le Dernier Oncle d'Amérique, v. 20
[illegible], drame en 5 actes. 50
Le Chevalier de Saint-Georges, c. 50
Les Rêveries du marquis de Lansac 50
Le Zingaro, opéra. 50
L'Abbaye de Penmarc'h, drame. 40
Carline, opéra-comique trois actes. 50
Vision du Tasse, scène en vers. 20
Les Pages de Louis XII, comédie. 30
Attendre et Courir, vaudeville. 30
Delphine, drame-vaudeville, 2 ac. 30
Indiana et Charlemagne, vaudeville 50
Le Dompteur de bêtes féroces. 30
Francesco Martinez, drame. 40
Les Parens d'une danseuse, vaudev. 20
La ferme de Montmirail, pièce milit. 40
Une femme sur les bras, vaudeville. 30
L'Enfant de la Pitié, drame. 40
La Grand'Mère, comédie, trois act. 50
Sous une porte cochère, folie-vaud. 30
A la vie, à la mort, vaudeville. 30
La Mère Godichon, vaudeville. 50
Les Trois cousines, vaudeville. 30
L'Homme heureux. 30
Un jeune caissier, drame. 40
Denise, drame. 50
Mazagran, pièce militaire. 40
Un bal aux Vendanges de Bourgogne 30
Une Femme charmante, comédie. 20
La Dame du second, vaudeville. 20
Louisette, vaudeville. 40
Une Révolution d'autrefois, tragédie 50
La Meunière de Marly, comédie. 30
Les Enfans d'Adam et d'Ève. 20
Misère et Génie, drame. 30
Un Service d'ami, vaudeville. 30
La Perruche, opéra-comique. 50
Les Merluchons, comédie. 50
L'Élève de Presbourg, opéra-comiq. 30
L'École du monde, comédie. 50
Argo, drame en cinq actes. 50
La Marchande à la toilette, comédie 50
Zanetta, opéra-comique, en 3 actes 50

Le nouveau Bélisaire, vaudeville. 50
Les Garçons de recette, drame. 30
L'Autre, vaudeville. 30
La Guerre de l'Indépendance, drame 50
Jean-Bart, vaudeville. 30
Marcellin, comédie-vaudeville. 50
Iphigénie, comédie-vaudeville. 50
Jarvis, drame 50
Dinah l'Égyptienne, drame. 40
Ribolard, vaudeville. 40
La Servante du curé, vaudeville. 30
Les Paveurs, vaudeville. 40
La Calomnie, comédie. 60
Cyprien le Vendéen, vaudeville. 30
Les Mystères d'Udolphe, vaud. 20
L'Honneur d'une femme, drame. 30
Le Cent-Suisse, opéra-comiq. 30
La Grisette romantique, vaud. 30
Marco, comédie-vaudeville. 40
La Croix de Malte, drame. 40
La Journée aux éventails, comédie 40
Mon Gendre! vaudeville. 30
L'Ogre à la cour, opéra. 20
Japhet, comédie. 20
Bob, comédie. 20
La mort de Gilbert, drame
Rodolphe, comédie.
Les Caprices, vaudeville. 40
[illegible], drame. 30
La Grisette au vert, vaudeville. 30
Le Chevalier de Kerkaradec. 30
Grisette de Bordeaux, vaudeville 30
Matelots et Matelottes, vaudeville 40
Mé, ami, comédie. 40
La Fête de Jacqueline, comédie. 40
L'Automate de Vaucanson, opéra-c. 50
L'Enfant prodigue, comédie-vaud. 50
Le Mari de la Reine, comédie-vaud. 30
Le Chevalier du Guet, comédie. 60
Treize à table, vaud. 30
Le [illegible], farce. 50
Riette, comédie-vaudeville. 40
Toby le Sorcier, comédie-vaud. 30
Trianon, comédie. 40
La Porte secrète, drame. 40
Une Chambrette de Savoyards 50

www.ingramcontent.com/pod-product-compliance
Ingram Content Group UK Ltd.
Pitfield, Milton Keynes, MK11 3LW, UK
UKHW021927230726
13925UKWH00007B/2463

9 782014 100594